मोह से मुक्ति

मोह से मुक्ति - **मोहताज न बनें, मोह त्याग कैसे करें**

Tejgyan Global Foundation is a charitable organisation
with its headquarter in Pune, India.

प्रकाशक : **वॉव पब्लिशिंग्ज् प्रा.लि., पुणे**

प्रथम आवृत्ति : **दिसंबर २०१५**

Moh se Mukti

by **Sirshree** Tejparkhi

विषय सूची

प्रस्तावना	**कमजोर कड़ी कौन**	५
भाग १	**मोहताज जीवन – मोहतेज जीवन** 'मेरा-मेरी', मोती या मिट्टी	९
भाग २	**मोह मुक्ति संजीवनी** संपूर्ण लक्ष्य	१५
भाग ३	**मेहमान बनकर जीएँ** संसार है सराय	१९
भाग ४	**जो चल रहा है सब ठीक है** धन का मोह कैसे टूटे	२१
भाग ५	**अलगाव का बॉक्स** मोह त्याग के लिए सही प्रार्थना करें	२५
भाग ६	**कैसे टूटे मोह की माया** विचार, वस्तु, रिश्ते और शरीर	२७
भाग ७	**घटनाओं को कैसे देखें** नया दूरदर्शन	३३
भाग ८	**हृदय और विवेक का प्रयोग** ईश्वर के काम करने का तरीका	३७
भाग ९	**मोह, मोहन और गुरु** ज्ञान और दृढ़ विश्वास	३९
भाग १०	**मोह में हर दृश्य साँप है** मौन में हर दृश्य सीढ़ी है	४१
भाग ११	**मोह मुक्ति मंत्र** Be happy no matter what	४३
भाग १२	**सफलता का छोटा रहस्य** थोड़ा मगर आज	४७
	तेजज्ञान फाउण्डेशन जानकारी	४९-५६

प्रस्तावना

कमजोर कड़ी कौन

जैसे से मन के अनेक प्रकार हैं, वैसे ही मन के अनेक विकार भी हैं। कम से कम पाँच विकार यहाँ गिनाए जा सकते हैं। जैसे रावण के दस चेहरे हैं, वैसे मन के भी दस भयानक रूप (गुस्सा, बोरडम, तुलना, निराशा, अहंकार, डर, लालच, नफरत, ईर्ष्या और द्वेष) हैं। मन के पाँच स्थूल विकार याद रखने हों तो वे हैं - काम, क्रोध, लोभ, मोह और अहंकार। मन पर बंधी ये मोटी जंजीरें हैं। मन का अस्तित्व इन विकारों के कारण ही है। ऐसा भी कहा जा सकता है कि 'ये पाँच विकार हैं इसलिए मन का अस्तित्व है या तोलू मन है इसलिए पाँच विकार भी हैं।'

मन अस्थिर है, निरंतर डोलता रहता है, जिसमें निरंतर परिवर्तन होता रहता है। सुबह-सुबह मन अगर ईर्ष्या से भरा है तो दोपहर में क्रोध से, शाम को लोभ से तो रात में असमंजस (confusion) से भरा है। मन प्रतिपल बदलता है। कभी उदास है तो कभी खुश है। कभी दुःखी है तो कभी सुखी होता है। एक क्षण पहले विश्वास से भरा है तो दूसरे क्षण अविश्वास और शंका से। अभी-अभी श्रद्धा से भरा है तो अभी-अभी कपट से भर जाता है। जो थोड़ी देर

पहले करुणा दिखा रहा था, अभी इस क्षण क्रोध से भरा है। जिसके लिए कभी मर मिटने को तैयार था, अभी उसे ही मारने को तत्पर हो गया है। यह मन जो प्रतिपल बदल रहा है, वह तो भरोसे योग्य है ही नहीं। इसी प्रतिपल बदलते मन के साथ हमारा तादात्म्य हो गया है। इस अस्थिर मन पर हमारी श्रद्धा है, हमारा विश्वास है।

वास्तव में मन 'माया' है, माया अर्थात 'जो है नहीं', फिर भी लगती है कि 'है'। हमें समझना होगा कि मन कैसे निर्मित होता है? मन का अस्तित्व 'है नहीं', परंतु लगता है कि 'है'। ठीक ऐसे ही जैसे हम पानी में एक सीधी लकड़ी डाल दें तो लकड़ी टेढ़ी दिखती है मगर लकड़ी टेढ़ी होती नहीं। जैसे अँधेरे में रस्सी साँप दिखती है मगर साँप है नहीं। अँधेरे के कारण जैसे रस्सी साँप दिखती है, वैसे ही अज्ञान के कारण लगता है कि मन है मगर है नहीं। उसे जानने के लिए ज्ञान के प्रकाश में मन को देखना होगा।

मन की निर्मिति होती है हमारे तादात्म्य (चिपकाव) से...। जैसे ही हमने कहा कि 'मैं शरीर हूँ, मैं मन हूँ', बस मन का निर्माण हो गया। जैसे ही हम मन से जुड़े तो 'मैं मन'। धन से जुड़े तो 'मैं धनवान।' पद से जुड़े तो 'मैं प्रधानमंत्री।' धर्म से जुड़े तो 'मैं हिंदू, मैं मुसलमान।' जहाँ 'मैं' को जोड़ दिया गया, वही और वहीं आप हो जाते हैं।

उदाहरणार्थ, स्वयंवर में जैसे ही दुल्हन, दूल्हे के गले में वरमाला डालती है, उसी क्षण दूल्हे के सारे रिश्तेदार दुल्हन के रिश्तेदार हो जाते हैं। वरमाला डालने के एक क्षण पहले कोई दुल्हन का रिश्तेदार नहीं था, उसका किसी से मोह नहीं था लेकिन वरमाला डालते ही सभी लोग उसके रिश्तेदार बन जाते हैं... सास-ससुर... देवर-देवरानी... ननद... रिश्तों की एक लंबी कतार और फिर शुरू होती है मोह की शतरंज। इसी तरह जिस वक्त आपने कह दिया कि 'मैं मन...' अर्थात आपने मन के गले में वरमाला डाल दी तो मन के सारे रिश्तेदार भी आपके हो जाते हैं। वहाँ भी रिश्तों की लंबी कतार लग जाती है। जैसे क्रोध, काम, द्वेष, ईर्ष्या, प्रतिस्पर्धा, जलन, उलझन, उदासी, सुख, दुःख, मित्रता, शत्रुता, व्याकुलता, सफलता-असफलता इत्यादि रिश्तेदारों से आपने रिश्ता जोड़ दिया।

मन का स्थूल (सबसे बड़ा) हथियार है काम अर्थात कामना, इच्छा, वासना। यहीं से मन को जीवन मिलता है। इसी से मन जिंदा रहता है। मन का मूल काम है इच्छाओं और कामनाओं को जगाना। निरंतर मन इच्छाओं को जगा रहा है, इच्छाएँ निरंतर उठ ही रही हैं। जब इच्छाएँ पूरी नहीं होतीं तब क्रोध जागता है। अगर इच्छाएँ पूरी होती हैं तो लोभ जागता है। लोभ के बाद जब चीजें मिलने लगती हैं तो उन वस्तुओं के प्रति मोह जागता है इससे संग्रह की प्रवृत्ति को चालना मिलती है, फिर अहंकार जागता है। इस तरह मन के बंधनों की जंजीर अलग-अलग कड़ियों से जुड़ी है। इस जंजीर में यदि किसी एक कड़ी को समझ द्वारा कमजोर बना दिया जाए तो मन का यह बंधन कमजोर हो सकता है, टूट सकता है। क्या आप यह जंजीर तोड़ने को तैयार हैं? मोह का विरोधी शब्द है 'निर्लेप, निर्मोह, अमोह, अलगाव।' अलगाव होते ही बंधन की जंजीर कैसे टिक सकती है? इस पुस्तक में इसी कमजोर कड़ी पर काम किया गया है। इसे तोड़कर मोह का त्याग करके, आज़ादी प्राप्त करें।

धन्यवाद।

अध्याय १

मोहताज जीवन - मोहतेज जीवन

'मेरा-मेरी', मोती या मिट्टी

संसार में केवल दो तरह के लोग रहते हैं। एक वे जिनके सिर पर ताज होता है और दूसरे वे जिनके सिर पर तेज होता है। अधिकतर लोग मोहताज जीवन जीते हैं और बहुत कम लोग मोहतेज जीवन जी पाते हैं।

मिस यूनिवर्स प्रतियोगिता जीतनेवाली लड़की के सिर पर ताज रखा जाता है। यह ताज एक वर्ष की अवधि के लिए रखा जाता है, उसके बाद नई विजेता को वही ताज पहनाया जाता है। परंतु यदि जीतनेवाली प्रतियोगी उस ताज की मोहताज हो जाए यानी उस ताज (उपाधि) से उसे मोह हो जाए तो वह जीवनभर उसका दुःख भुगतती रहेगी। इसका अर्थ है कि 'मोह' इंसान के दुःख का सबसे बड़ा कारण है।

मोह यानी आसक्ति, चिपकाव, लगाव। मोह से मुक्ति यानी दुःखों से मुक्ति और दुःखों से मुक्ति यानी आनंद से युक्ति (मिलन)। दुःख जब हमारे पास होता है तब आनंद हमसे कोसों दूर चला जाता है। ऐसा न हो

इसलिए आनंद सदा पास (साथ) हो और दुःख फेल (दूर) हो।

क्या हम आनंद पाने के लिए किसी और के मोहताज हैं? या आनंद हमारे पास ही है? हाँ, असली आनंद तो हमारे पास ही है, उसके लिए हमें किसी और का मोहताज होने की आवश्यकता नहीं है। लेकिन यह बात पता न होने के कारण हम आनंद बाहर तलाशते हैं और इसके लिए लोगों के मोहताज हो जाते हैं। पति-पत्नी यदि एक-दूसरे के मोहताज हैं तो उन्हें एक-दूसरे की गुलामी करनी पड़ती है। 'यदि हम फलाँ इंसान की गुलामी नहीं करेंगे तो वह हमें हमारी मनचाही सुविधा नहीं देगा', यह सोचकर लोग जीवनभर सुविधाओं के लाभ में अन्य लोगों के मोहताज बन जाते हैं।

एक दिन बादशाह अकबर ने खाना खाते वक्त बैंगन से बनी सब्जी की बहुत तारीफ की तब बीरबल ने भी बैंगन के कई गुण बताए। अगली बार शाही दावत में बैंगन का भर्ता परोसा गया। इस बार भी बादशाह अकबर ने खुश होकर बैंगन की बड़ी तारीफ की। बीरबल ने भी बैंगन के और कई सारे गुण बताए। तीसरी बार बैंगन की सब्जी देखकर अकबर ने गुस्से में कहा, 'बार-बार बैंगन की सब्जी क्यों बनती है, बैंगन अच्छी सब्जी नहीं है।' यह कहकर उन्होंने बीरबल से उनकी राय पूछी। तब बीरबल ने कहा, 'जी जहाँपनाह, बैंगन से बुरी सब्जी कोई हो नहीं सकती। बैंगन में कई अवगुण हैं।' यह कहकर बीरबल ने बैंगन से होनेवाले नुकसान बताए। यह सुनकर बादशाह अकबर को बीरबल पर बड़ा गुस्सा आया। उन्होंने बीरबल से कहा, 'कल तक तो तुम बैंगन की तारीफ कर रहे थे और आज उसकी बुराई कर रहे हो, इसका मतलब तुम झूठे हो। तुम ऐसा क्यों कर रहे हो?' बीरबल ने नम्रता से जवाब दिया, 'हुजूर! मैं आपका गुलाम हूँ, बैंगन का नहीं।'

इंसान अपने आपको जिस किसी का गुलाम बना देता है, उसकी हाँ में हाँ मिलाकर सारा जीवन मोह में मूर्च्छित होकर बिता देता है। इंसान लालचवश लोगों से मिलनेवाली सुविधाओं, पद और धन को छोड़ नहीं पाता इसलिए मोहताज बनकर जीता है। कम सुविधाओं में आनंदित रह पाना सच्चा विकास है। सुविधाओं से मोह हो जाने की वजह से इंसान दूसरों का मोहताज होने लगता

है। दूसरी तरफ जो इंसान अपने शरीर पर अनुशासन रखता है, वह मोहताज नहीं, मोहतेज जीवन जीता है।

तेज का अर्थ है - दो से परे। जैसे– तेजआनंद यानी सुख–दुःख से परे का आनंद। तेजजीवन यानी जीवन–मृत्यु से परे का महाजीवन। इसी तरह मोहतेज यानी मोह और नफरत से परे का जीवन। मोह का जब अतिक्रमण होता है तब मोहतेज जीवन शुरू होता है। पद, प्रतिष्ठा, कुर्सी, दौलत, लाभ, सुविधा इत्यादि से जब मोह हो जाता है तब अहंकार का जन्म होता है। इससे इंसान को 'मेरा पद, मेरा घर, मेरा नाम, मेरा काम दूसरों से ज्यादा श्रेष्ठ है', ऐसा भ्रम होने लगता है। यह भ्रम मोह में परिवर्तित होता है और यह मोह हमें मोहताज बनाता है। इसलिए मोहताज न बनें, मोह का त्याग करें।

इंसान को जब किसी के प्रति आसक्ति हो जाती है, तब उसे मोह का आभास भी नहीं हो पाता क्योंकि ऐसा कब हो गया यह उसे पता नहीं चलता। मोह प्रेम की आड़ में छिप जाता है और एक अदृश्य बंधन तैयार करता है। कुछ लोगों की कई गलत या बुरी आदतें छूट जाती हैं लेकिन बस मोह के कारण वे अटके रह जाते हैं।

अपने जीवन में देखें कि हम मोह में कब–कब अटकते हैं? आपको लगेगा कि यह मोह नहीं, हमारा प्रेम है। मगर हमें समझना है कि यह सचमुच प्रेम है या मोह है। लोग तो प्रेम के नाम पर वासनाओं में, मोह में उलझ जाते हैं और बाहर से कहते हैं, 'यह हमारा प्रेम है।' हालाँकि वे सच्चे प्रेम का अर्थ भी नहीं जानते मगर प्रेम की दुहाई देते रहते हैं। ऐसे लोगों को आगाह किया जाता है कि इस तरह की आसक्ति में न उलझें। मोह एक ऐसा सूक्ष्म विकार है, जिसका हमें एहसास भी नहीं हो पाता है कि यह विकार है।

मोह के साथ क्रोध भी जुड़ा हुआ है। बिना मोह के क्रोध नहीं जागता लेकिन देखा गया है कि अकसर लोग क्रोध को बुरा और मोह को अच्छा समझते हैं परंतु मोह और क्रोध का आपस में गहरा संबंध है। क्रोध और मोह दोनों अलग–अलग लगते हैं परंतु एक ही सिक्के के दो पहलू हैं। यह संभव नहीं

कि सिक्के के एक पहलू को बचाया जाए और दूसरे को छोड़ा जाए। लोग क्रोध से तो मुक्ति पाना चाहते हैं लेकिन मोह को छोड़ना नहीं चाहते क्योंकि मोह, प्रेम की चादर ओढ़े हुए है और क्रोध नफरत की। क्रोध सभी को अखरता है, खटकता है लेकिन मोह और क्रोध दोनों से मुक्त होना है क्योंकि दोनों की उम्र एक जितनी ही है। इस बात को निम्नलिखित उदाहरण से समझें।

एक बूढ़ी औरत डॉक्टर के पास गई और कहने लगी कि 'मेरे दाहिने घुटने में दर्द है।' डॉक्टर ने उसे दवाई दी। फिर उस औरत ने पूछा, 'यह दर्द क्यों हो रहा है?' डॉक्टर ने कहा, 'उम्र की वजह से आपके घुटने में दर्द हो रहा है।' इस पर उस औरत ने कहा, 'सिर्फ दाहिने घुटने में ही दर्द क्यों है? दोनों घुटनों में क्यों नहीं? जबकि दोनों घुटनों की उम्र तो एक जितनी ही है।'

इसी तरह क्रोध और मोह दोनों की उम्र एक जितनी ही है मगर दोनों में केवल क्रोध लोगों को अखरता है। इसका कारण यह भी हो सकता है कि मोह प्रेम के कारण होता है और क्रोध नफरत के कारण। सिर्फ क्रोध खटकता है, बुरा लगता है लेकिन मोह के बारे में इस तरह की कोई धारणा नहीं बनी है। मोह इंसान को तुरंत मोहित कर देता है।

जैसे एक माँ को अपने बच्चे के प्रति प्रेम है लेकिन उसका प्रेम कब मोह में परिवर्तित होता है, उसे पता ही नहीं चलता। जब उसका बच्चा बीमार होता है तब वह रोने लगती है। बच्चे ने खाना नहीं खाया तो वह भी खाना नहीं खाती। यदि बीमारी के कारण बच्चा ठीक तरह से सो नहीं पाया तो वह पूरी रात उसके लिए जागती है। एक माँ की अपने बच्चे के प्रति इस तरह की आसक्ति मोह है। वह यह नहीं जानती कि इस तरह भूखे रहने से, नींद न करने से वह सही तरह से बच्चे की सेवा नहीं कर पाएगी। यदि वह बच्चे को ठीक करना चाहती है तो उसे स्वस्थ रहना होगा। परंतु बच्चे के प्रति मोह के कारण वह सोचती है कि 'मेरे बच्चे ने खाना नहीं खाया तो मैं कैसे खाऊँ?' इस तरह माँ का प्रेम मोह में बदल जाता है।

तात्पर्य यह है कि मोह यानी चिपकाव, आसक्ति, लगाव। केवल एक माँ

का अपने बच्चे के प्रति मोह नहीं होता बल्कि अपने रिश्तेदारों के प्रति और पसंदीदा वस्तुओं के प्रति भी मोह होता है।

मोह से ही इच्छाएँ जगती हैं। जैसे क्रोध और मोह से मुक्ति पाना जरूरी है, वैसे ही इच्छाओं से, चिपकाव से भी मुक्ति जरूरी है। यदि मोह नहीं है तो इच्छाएँ नहीं हैं और इच्छाएँ नहीं हैं तो क्रोध की संभावना भी कम होते जाती है। जैसे एक इंसान टी.वी. पर अपना पसंदीदा कार्यक्रम देख रहा है तो उस समय उसकी सूक्ष्म इच्छा यह होती है कि अभी लाईट बंद न हो। लेकिन यदि उसी समय लाईट बंद हो जाए तो उस इंसान का क्रोधित होना स्वाभाविक है। ऐसी सूक्ष्म इच्छाएँ लोग तुरंत पकड़ नहीं पाते। मगर आपको सभी बड़ी और सूक्ष्म इच्छाओं के मोह से मुक्ति पानी है।

मोह, मोती या मिट्टी

मोह से मुक्ति पाना यानी मोह का त्याग करना लेकिन मोह त्याग कैसे होगा? मोह त्याग तब होगा जब आप जानेंगे कि मोह मोती नहीं, मिट्टी है। वरना हर इंसान मोह को मोती समान कीमती समझता है इसलिए मोह के जाल में फँसकर, उसे पाल-पोसकर चमकाता भी है। मोह की चमक में इंसान अंधा हो जाता है। नतीजन अंधा, अंधों को ही मार्गदर्शन देता है और मोह की मिट्टी में सबको मिला देता है।

जब तेजज्ञान के प्रकाश में मोह मिट्टी लगने लगेगा तब उसका त्याग करना अति सहज होगा। उदाहरणतः - १) जब आपके हाथों पर मिट्टी लग जाती है तब आप हाथ धोने के लिए तुरंत वॉश बेसिन (पानी) की तरफ जाते हैं क्योंकि आप जल्द से जल्द उस मिट्टी से छुटकारा पाना चाहते हैं। २) जब आपके शरीर पर मिट्टी की परत जम जाती है तब आप तुरंत नहाने जाते हैं क्योंकि आप अपने स्वास्थ्य की रक्षा करना चाहते हैं। आप आरोग्य के प्रेमी हैं इसलिए हर रोग से मुक्त रहना चाहते हैं। मोह रूपी मिट्टी आपके लक्ष्य में बाधा है इसलिए जल्द से जल्द मोह को मोती समझना बंद करें और मोह का खुलकर साक्षात्कार करें। तेजज्ञान के प्रकाश में मोह का असली रूप सामने आएगा और आप मोहताज

जीवन से मुक्त हो जाएँगे।

घर में झाड़ू लगाने के बाद जमा होनेवाली मिट्टी आप तुरंत कूड़ेदान में फेंक देते हैं। उस समय आप यह नहीं कहते कि 'मैंने कूड़ेदान को मिट्टी दान की या आज मैंने इतने-इतने किलो मिट्टी त्याग दी।' इसका कारण आप जानते हैं कि फेंकी जानेवाली चीज कूड़ा-करकट है, मैल-मिट्टी है तो त्याग का सवाल ही कहाँ आता है? त्याग तो तब होता है जब कोई मूल्यवान चीज छोड़ दी जाती है। कूड़े-करकट का त्याग न त्याग है, न ब्याज है, वह तो सामान्य ज्ञान है। मोह को भी जब आप मिट्टी जानकर परखेंगे तब मोह से मुक्ति मुश्किल नहीं लगेगी। तेज के पारखी बनकर ही मोहताजी से तलाक संभव है इसलिए तेज के पारखी बनें, मोह के नहीं।

अध्याय २

मोह मुक्ति संजीवनी

संपूर्ण लक्ष्य

इंसान जब मोहपाश में बँध जाता है तब वह बेहोश जीवन जीने लगता है और अपना असली लक्ष्य भूल जाता है। जैसे रामायण में लक्ष्मण, रावण पुत्र इंद्रजीत के मंत्रमोहपाश में बँधकर मूर्छित होकर, अपने लक्ष्य (राम-आनंद) से दूर हो गया था। उसी तरह इंसान भी असली आनंद पास होते हुए मोहपाश के कारण फेल (बेहोश) हो जाता है। इस बेहोशी को तोड़ने के लिए संजीवनी बूटी की आवश्यकता पड़ती है। संजीवनी बूटी इंसान की बेहोशी को तोड़कर उसे सतेज करती है।

संजीवनी बूटी है हमारा संपूर्ण लक्ष्य, लक्ष्मण का लक्ष्य। मोह मंत्रों के बंधन से लक्ष्मण को बाहर निकालने के लिए श्रीराम ने हनुमान को संजीवनी बूटी लाने की आज्ञा दी थी। उस समय हनुमान ने संजीवनी बूटी पर्वतसहित उठाकर लाई थी। उससे लक्ष्मण मोह मंत्रों के बंधन से बाहर आए थे। उसी तरह हमें भी गुरु की आज्ञा से संजीवनी बूटी यानी संपूर्ण लक्ष्य, संपूर्ण ज्ञान द्वारा मिले तो हम भी हर तरह के मोह से आज़ाद हो जाएँगे।

संपूर्ण लक्ष्य यानी जीवन का कुल-मूल उद्देश्य। हम इस धरती पर क्यों और कहाँ से आए हैं? क्या सीखकर और कौन सी समझ प्राप्त करके हमें वापस लौटना है? जब तक हमें संपूर्ण लक्ष्य रूपी संजीवनी नहीं मिलती तब तक हमारी मोह की मूर्च्छा नहीं टूटेगी। हम छोटी-छोटी बातों में उलझकर, मोह-माया में भटककर संसार से लौट जाएँगे और तब तक बहुत देर हो चुकी होगी। इसे एक उदाहरण से समझें।

आप एक शरारती बच्चे के साथ तेज महल में रहते हैं। वह बच्चा उस तेज महल की वस्तुओं को फेंककर तोड़ता रहता है और इस बात से आप बहुत परेशान होते हैं। आप उस बच्चे को प्रशिक्षण देने के लिए एक गुरुकुल ले जाते हैं। उस गुरुकुल में एक विशेष पद्धति द्वारा बच्चों को तैयार किया जाता है। गुरुकुल में दाखिला मिलने से पहले आप गुरुकुल का चारों तरफ से निरीक्षण करते हैं। फिर बच्चे को गुरुकुल के सभी सदस्यों से मिलवाया जाता है। उसे बताया जाता है कि इस प्रशिक्षण में कुछ लोग तुम्हारे रिश्तेदार बनेंगे, जैसे - फलाँ तुम्हारा भाई बनेगा, फलाँ तुम्हारी बहन बनेगी, फलाँ तुम्हारे पिताजी, माताजी, चाचाजी इत्यादि बनेंगे।

बच्चा नए वातावरण में खुश होकर नए संबंधियों के साथ खेलने-कूदने लगता है। इस बीच आप बच्चे का दाखिला लेने के बजाय गुरुकुल के बगीचे में एक बेंच पर सो जाते हैं। पेड़ के नीचे सुखद हवा में आप ख्वाबों में कब खो जाते हैं, आपको इसका पता भी नहीं चलता।

वहाँ बच्चा कुछ समय बाद अपनी आदत के कारण लोगों से लड़-झगड़कर नाराज हो जाता है। वह प्रशिक्षण शुरू होने से पहले ही मोह में अंधा हो जाता है। बगीचे के बेंच पर वह आपको लेटा हुआ देखता है और तुरंत आपसे तेज महल वापस चलने की जिद करने लगता है। आप नींद से उठकर, सपनों से बाहर आकर पछताते हैं कि 'मैंने इतना समय सपने को हकीकत मानकर गवाँ दिया। इस समय में यदि मैंने बच्चे का दाखिला लिया होता, प्रिन्सिपल से मिलकर बच्चे की आदत के बारे में बातचीत की होती तो यह दिन देखने को नहीं मिलता।'

बच्चे को वापस ले जाते समय, रास्ते में आप यही सोचते हैं कियह बच्चा वापस तेज महल चलकर क्या-क्या करेगा!

इस कहानी में शरारती बच्चा आपके मन का प्रतीक है, जिसे आप पृथ्वी पर प्रशिक्षण देने के लिए अपने साथ लेकर आए हैं। मन की आदतें घृणा, द्वेष व नफरत की है। अहंकार की वजह से बच्चा क्रोध करता है और उसी क्रोध में तेज महल को खंडहर जैसा बनाता है। गुरुकुल यह पृथ्वी है, जहाँ बच्चे को तेज महल में रहने लायक बनाने का प्रशिक्षण दिया जाता है ताकि वह अपना कुल-मूल उद्‌देश्य प्राप्त कर सके। इस प्रशिक्षण में वस्तुओं से, विचारों से, शरीरों से मोह मिटाने की कला सिखाई जाती है। यह कला सिखाने के लिए बच्चे को कई सारे झूठे-मूठे रिश्तेदार भी दिए जाते हैं। इस खेल के द्वारा मन का मैल निकाला जाता है लेकिन आप खेल का आनंद लेने के बजाय गुरुकुल के बगीचे यानी संसार की माया में खोकर, सो जाते हैं। ख्वाबों-खयालों में संजीवनी (संपूर्ण लक्ष्य) को भूल जाते हैं। जब दुनिया से वापस जाने का समय आया तब आप जागते हैं और आपको अपनी गलती का एहसास होता है। गलती यह कि आपने गुरुकुल में आकर न दाखिला लिया और न ही गुरु से मिले।

यदि दाखिला लेने के लिए प्रिन्सिपल यानी गुरु से मिले होते तो गुरुकुल के नियमों के बारे में आपको जानकारी दी गई होती... कुछ आज्ञाएँ मिली होतीं... माया के बगीचे में नींद न आने का रहस्य बताया गया होता... और यहीं नहीं, जाते वक्त बच्चा प्रशिक्षित (सुधर) भी हो गया होता...। फिर यही बच्चा तेज महल का युवराज बनता।

ऊपर दिए गए उदाहरण से समझें कि यदि आपको रिश्ते-नातों के मोह में नहीं अटकना है तो अपना कुल-मूल उद्‌देश्य, संपूर्ण लक्ष्य, संजीवनी को अपने साथ रखें। इस संजीवनी के कारण आप कभी भी बेहोश नहीं होंगे। मोह के शस्त्र से आपका कोई भी नुकसान नहीं होगा। राम यानी आनंद सदा आपके पास होगा और दुःख हमेशा पराजित (फेल) होगा।

अध्याय ३

मेहमान बनकर जीएँ

संसार है सराय

आसक्ति या मोह तब पैदा होता है जब हम किसी के दावेदार बनकर जीते हैं। हम वस्तुओं, बच्चों, घरों पर अपना दावा सिद्ध करते हैं यानी अपना अधिकार जताते हैं। जब हम अपना दावा छोड़कर मेहमान बनकर इस जग में जीएँगे तब ऊपरी चीजों से हमें मोह नहीं होगा। इसलिए हर दिन अपने आपको यह बात याद दिलाएँ कि 'तुम इस धरती पर मेहमान हो और मेहमान घर की वस्तुओं पर अपना दावा नहीं जतलाता। वह घर की सभी चीजों का उपभोग तो करता है लेकिन उनसे मोह नहीं करता।' इसे एक उदाहरण से समझें।

एक संन्यासी आधी रात को एक इमारत के सामने 'कोई है' कहकर जोर से पुकारने लगा। महल के चौकीदारों ने उसे डाँटा कि 'इतनी रात गए क्यों चिल्ला रहे हो?' उस संन्यासी ने बताया कि 'इस सराय में मुझे आज की रात रहना है।' चौकीदारों ने उसे बताया कि 'यह सराय नहीं, राजा का महल है' लेकिन संन्यासी चौकीदारों की कोई भी बात सुनने को तैयार नहीं था। वाद-विवाद की आवाज सुनकर राजा महल से नीचे उतर आया। उसने संन्यासी की

पूरी बात सुन ली और यहाँ रहने का कारण भी पूछा। संन्यासी ने राजा से सवाल किया कि 'आपसे पहले यहाँ पर कौन रहता था?'

राजा ने बताया कि 'उनसे पहले उनके पिताजी और दादाजी इस महल में रहा करते थे।' यह सुनकर संन्यासी ने पूछा कि 'आपके दादाजी से पहले, दादाजी के पिताजी रहा करते होंगे न?' राजा के 'हाँ' कहने पर संन्यासी ने रहस्य समझाया कि 'जब जो इंसान इस इमारत में रह रहा था तब वह अपने आपको इस इमारत का मालिक समझता था लेकिन वह मात्र मेहमान था। आज आप इस इमारत में रह रहे हो, कुछ सालों बाद कोई और इस इमारत का इस्तेमाल कर रहा होगा, फिर यह महल, सराय नहीं है तो और क्या है?'

उपरोक्त उदाहरण से यह समझ मिलती है कि इस पृथ्वी पर सभी लोग मेहमान बनकर आए हैं और सभी को मेहमान बनकर ही जाना है। जब आप भी अपने आपको मेहमान मानकर जीएँगे तब संन्यासी की ये बातें आपको लाभकारी लगेंगी और आप हर तरह के मोह से मुक्त हो जाएँगे। हमेशा यह बात ध्यान में रखें कि पृथ्वी पर आए हैं तो हर चीज का इस्तेमाल करें लेकिन चीजों को अपना इस्तेमाल न करने दें। अपने मन का भी इस्तेमाल करें लेकिन मन के मोहताज न बनें। मन अच्छा दोस्त है यदि मोह नहीं और बुरा दुश्मन है यदि वह आपका मालिक है। इसलिए पृथ्वी पर मेहमान बनकर जीएँ और अपने मेजबान नवाजी का शुक्रिया अदा करें, धन्यवाद कहें।

अध्याय ४

जो चल रहा है सब ठीक है

धन का मोह कैसे टूटे

कुछ लोग धन के मालिक होते हैं और कुछ लोगों का धन मालिक होता है। जब आपका धन, आपका मालिक बनता है तब वह उतना ही खतरनाक हो जाता है, जितना बेलगाम मन होता है। मन जब चंचल हो जाता है तब धन का मोह बढ़ जाता है। धन का मोह इंसान के जीवन में बहुत बड़ी बाधा है। मनन, चिंतन से धन का मोह दूर करें और धन के प्रति लापरवाही, सुस्ती, गलत आदतें, आसक्ति इत्यादि दूर करें।

धन के प्रति अत्याधिक मोह एक कंजूस को जन्म देता है, जो दिन-रात सिर्फ धन के बारे में ही सोचता रहता है। केवल धन की चाहत इंसान को धन का चौकीदार बना देती है। धन का मोह मिटाने के लिए लक्ष्मी (धन) के साथ नारायण (समझ) आवश्यक है। लक्ष्मी जब नारायण के साथ आती है तब गरुड पक्षी (शुभ चिन्ह) पर आती है और लक्ष्मी जब अकेली आती है तब उल्लू (अशुभ चिन्ह) पर सवार होकर आती है। इसका अर्थ है केवल दौलत की दुनिया व कल्पना में रहेंगे तो उल्लू की तरह

रोशनी (सत्य) में भी अंधे हो जाएँगे। इसे एक उदाहरण से समझें।

विशाल एक बैंक का क्लर्क था, जिसका पत्नी आरती व दो बच्चों- सुमन और सुमित समेत सुखी परिवार था। विशाल बैंक में काम करते-करते सदा धन पाने की कल्पना में लीन रहता था। पैसे की कमी को लेकर उसके मन से हमेशा टीस उठती रहती थी। वह सोचता था कि ऐसा कोई चमत्कार हो जाए, कहीं से उसे पैसों का खजाना मिल जाए ताकि पैसों से जुड़ी परेशानियाँ उसके जीवन से सदा के लिए दूर हो जाएँ। एक रात सोते समय विशाल ने ईश्वर से धन प्राप्ति के लिए जोरदार प्रार्थना की, 'ईश्वर सबको पैसे क्यों नहीं देता? कब मुझे धन का खजाना मिलेगा?'

सुबह उठकर जब उसने अपने घर का दरवाजा खोला तब उसे आश्चर्य का झटका लगा क्योंकि सामने ५०० रुपयों के नोटों से भरा हुआ बोरा पड़ा था। उसने अपनी पत्नी आरती को आवाज देकर बुलाया और नोटों का बोरा दिखाते हुए कहा कि 'आखिरकार ईश्वर ने मेरी प्रार्थना सुन ली।' विशाल खुशी के मारे बावला हुआ जा रहा था। उसने आरती को होटल से नाश्ता मँगवाने के लिए कहा। 'अब मुझे नौकरी की जरूरत नहीं', यह कहकर उसने बैंक की नौकरी से इस्तीफा देने के लिए त्याग-पत्र भी लिखा। वह त्याग-पत्र उसने अपने बेटे को दिया और बैंक मैनेजर को देकर आने के लिए कहा। इधर आरती ने बताया कि 'आज होटल बंद है।' फिर थोड़ी और पूछताछ करने के बाद पता चला कि शहर के सारे होटल बंद हैं। सुमित ने भी बैंक से आकर बताया कि 'बैंक मैनेजर ने खुद भी त्याग-पत्र दिया है इसलिए उन्होंने आपका त्याग-पत्र असिस्टंट मैनेजर को देने के लिए कहा है, जो आज छुट्टी पर है।' आरती ने विशाल से आकर कहा कि 'सुमन को बहुत तेज बुखार है लेकिन आज सभी मेडिकल स्टोअर्स भी बंद हैं।'

ये सारी बातें देखकर पता किया गया तो यह बात सामने आई कि शहर के हर इंसान को नोटों से भरा बोरा मिला है इसलिए पूरा शहर बंद है, बाजार, होटल, दुकानें, अस्पताल, बैंक सब बंद है। सभी लोग अपने घरों में आराम कर रहे हैं। काम करने के लिए कोई नहीं गया। विशाल की प्रार्थना तो पूरी हुई

लेकिन उससे जुड़ी सारी तकलीफें भी सामने आ गईं। यह देख विशाल का सपना टूट गया, वह पसीने से तर, नींद से हड़बड़ाकर जाग गया। उसने ईश्वर से कहा, 'जो चल रहा है वही ठीक है, मेरी कल्पनाओं के आधार पर तुम कुछ मत करना, तुम वही करना जो तुम सही समझते हो।'

हर इंसान के जीवन में धन का महत्त्व है लेकिन धन को उतना ही महत्त्व दें, जितना जरूरी है वरना लोग धन को ही सब कुछ मानकर उसके मोह में अटक जाते हैं। धन केवल व्यवहार में आसानी और सुविधा के लिए है मगर आज लोग धन की पहचान भूल गए हैं इसलिए धन के मोह में अटककर उसी को मंजिल मानते हैं। अब समय आया है कि सही तरीके से धन कमाने के लिए मेहनत से भागे नहीं बल्कि जागें। धन* के प्रति जाग्रत हो जाएँ और समृद्धि का हर रहस्य जानें।

---

* धन के बारे में पूर्ण समझ प्राप्त करने के लिए पढ़ें वॉव पब्लिशिंग्ज् प्रा.लि. द्वारा प्रकाशित पुस्तक 'धन और ध्यान।'

अध्याय ५

अलगाव का बॉक्स

मोह त्याग के लिए सही प्रार्थना करें

इंसान अपने मोह में डूबकर गलत कल्पनाएँ करता है। समस्याओं को सुलझाने के शॉर्टकट यानी अवैध और आसान तरीके ढूँढ़ता है मगर जब उसे पता चलता है कि उसकी प्रार्थना अल्प बुद्धि से की गई है तब उसे अपनी गलती का एहसास होता है। प्रार्थना करने के बाद इंसान को यह जरूर सोचना चाहिए कि 'मेरी प्रार्थना पूरी होने से कहीं किसी का या प्रकृति का नुकसान तो नहीं होगा।'

जैसे एक इंसान बिना सोचे-समझे यह प्रार्थना करता है कि 'काश ! पैसे पेड़ पर उगते तो मैं अपने परिवार के लिए सुंदर सा बंगला बनवाता, महँगी गाड़ी खरीदता, पत्नी के लिए कपड़े-जेवर खरीदता, फिर मेरे पास सारी सुख-सुविधाएँ होतीं।' लेकिन वह यह नहीं सोच पाता कि यदि रुपए पेड़ पर उगते तो बंगला बनाने के लिए मजदूर कहाँ से लाएगा? कौन काम करने के लिए तैयार होगा? बंगले की साफ-सफाई करने के लिए कौन आएगा?

इसका तात्पर्य है कि जीवन में चार बातों से मोह टूटना बहुत जरूरी है। पहला - विचारों से, दूसरा - कारों

से, तीसरा- सहारों से और चौथा - मीनारों से। इन चारों की समझ आगे के अध्याय में विस्तार से दी गई है लेकिन इस वक्त यह समझें कि इनके प्रति मोह कैसे टूटे। मोह के टूटने का यह अर्थ नहीं है कि फलाँ वस्तु की प्राप्ति नहीं होनी चाहिए। जिस वस्तु की कामना है वह अवश्य प्राप्त हो, जैसे स्वास्थ्य, प्रेम, कला, धन, वैभव इत्यादि लेकिन अलगाव के थैले में प्राप्त हो यानी हमें जो भी मिले उससे हमें मोह, चिपकाव या आसक्ति न हो, अहंकार न हो। इसलिए ईश्वर से हमेशा सही प्रार्थना करें कि

'हे ईश्वर ! अलगाव के बॉक्स (गिफ्ट पैक) में मुझे सब प्राप्त हो।
हे ईश्वर ! तुमने मेरे लिए जो बनाया है वह मुझे प्राप्त हो।
जो मुझे प्राप्त हो उससे मैं उच्चतम अभिव्यक्ति कर पाऊँ।
धन्यवाद!'

इस प्रार्थना में अलगाव बॉक्स (गिफ्ट पैक) का अर्थ है, जो भी हमें मिले उससे हमें मोह न हो जाए क्योंकि मोह ही दुःख को पास करता है और आनंद को फेल करता है। गलत प्रार्थनाएँ करके लोग सब कुछ प्राप्त तो कर लेते हैं लेकिन आनंद से कोसों दूर चले जाते हैं। आनंद सदा पास हो, दुःख हमेशा दूर (फेल) हो।

अध्याय ६

कैसे टूटे मोह की माया

विचार, वस्तु, रिश्ते और शरीर

चार प्रकार के मोह कौन से हैं?

ये मोह हैं - १) विचारों से

२) कारों से

३) सहारों से

४) मीनारों से

१) विचारों से मोह कैसे टूटे?

इंसान को अपने विचारों से मोह हो जाता है। इस मोह के कारण वह मन में उठनेवाले विचारों से मोहित होकर आसक्त हो जाता है। इस चिपकाव की वजह से बार-बार उसे दुःखद विचार आते रहते हैं। यदि ये विचार निराशा के हैं तो विचारों का यह मोह मृत्यु का कारण भी बन सकता है।

आपको विचारों का शिकार नहीं, सूत्रधार बनना है। वास्तव में इस संसार में चारों तरफ लोग विचारों के शिकार

हैं। विचारों का साक्षी बनकर जब आप विचारों का निरीक्षण करते हैं तब विचारों में लगा फेविकॉल यानी मोह पिघलने लगता है। इस तरह विचारों के ध्यान* के जरिए आप जल्द से जल्द विचारों के मोह को विलीन कर सकते हैं।

अब विचारों के प्रति मोह को कैसे त्यागा जाए? इसके लिए विचारों को इस तरह देखें जैसे वे आपके बच्चे हैं। आपने महसूस किया होगा कि जब घर में बच्चे आपको परेशान करते हैं तब आप उन्हें चुप रहना सिखाते हैं। ठीक इसी तरह विचार भी आ-आकर आपको परेशान करते हैं, आप उन्हें भी प्रशिक्षण देकर चुप रहना सिखा सकते हैं। जिस तरह बच्चे के प्रति मोह माँ-बाप की परेशानी का सबब बनता है, उसी तरह विचारों के प्रति मोह आपके दुःख का कारण बनता है।

बच्चे जब वक्त-बेवक्त आपकी उँगुली पकड़कर कहते हैं कि 'हमें बाहर ले चलो' तब आप उन्हें समझाते हैं, 'बाद में चलेंगे, अभी जाकर खेलो।' इसी तरह जब विचार वक्त-बेवक्त आपको दुःख, नफरत, लालच, डर की भावना में ले चलने के लिए कहें तब आप उसी तरह उन्हें कहें, 'बाद में चलेंगे, अभी बाहर जाकर खेलो।'

उदाहरण- जब आपको आइने में अपने इक्के-दुक्के सफेद बाल देखकर यह विचार आए कि 'मैं बूढ़ा हो चला हूँ' तब आप उस विचार से कहें, 'ओके बेटा! अब जाकर खेलो!' उसे गोदी में न उठाएँ वरना वह विचार सचमुच आपको बूढ़ा बना देगा। जिस दिन से बूढ़ा दिखने का विचार इंसान पर हावी होने लगता है, उसी दिन से वह अपने आपको कमजोर महसूस करना शुरू कर देता है। यह विचारों की शक्ति है। विचारों की शक्ति यदि मोह के कारण हमारे खिलाफ काम करे तो हम समय से पहले ही मृत्यु (पराजय) प्राप्त करेंगे।

बच्चे यदि हर पल आपकी गोद में आने की जिद करते हैं तो आप उन्हें हमेशा गोद में नहीं उठाते। इसी तरह नकारात्मक विचारों को भी हर वक्त भाव न दें, उनका मनोरंजन न करें। नफरत व गुस्से के विचार शैतान बच्चे की भाँति

---

* विचारों के ध्यान को विस्तार से जानने के लिए पढ़ें तेजज्ञान ग्लोबल फाउण्डेशन द्वारा प्रकाशित पुस्तकें -'ध्यान दीक्षा ', 'ध्यान नियम।'

हैं मगर हैं तो आपके ही लेकिन उन्हें गोदी में न उठाएँ, उनसे मोह न पालें। उन्हें यह कहकर मजा चखाएँ, 'ओके बेटा! बाद में बात करते हैं, अब जाकर खेलो' या उन्हें कहें कि 'तुम्हारी बात भी सुनेंगे लेकिन पहले दस मिनट मौन में बैठो।' इस तरह आप अपने विचारों के प्रति सजग होने लगेंगे। बहुत जल्द ही आपको पता चलेगा कि आपके कितने सारे बच्चे (विचार) हैं। ध्यान और विचारों को देखने का अभ्यास जल्द ही आपको मोह से मुक्त करेगा और नकारात्मक विचारों की शक्ति से आपकी सुरक्षा करेगा।

आपने यह भी देखा होगा कि चंचल बच्चे बिगड़ जाने के बाद किसी के हाथ नहीं आते, बड़े होकर अपराधी बनते हैं। इसी तरह चंचल विचार भी बिगड़ गए तो वे आपसे हर पाप करवा सकते हैं। जिस तरह आप बच्चों को प्रशिक्षण देने के लिए 'चाइल्ड ट्रेनिंग' की पुस्तकें पढ़ते हैं, उसी तरह विचारों को प्रशिक्षण देने के लिए 'थॉट्स ट्रेनिंग' की पुस्तकें पढ़ें या थॉट्स ट्रेनिंग स्कूल (तेज गुरु कुल)' में प्रवेश लें।

विचारों से मोह करते समय कल्पनाओं से भी मोह होने लगता है। लोग ईश्वर की कल्पना से मोह करके दूसरे धर्मों के खिलाफ हो जाते हैं। जातिवाद, दंगा-फसाद इसी मोह का कारण है। इसके अलावा अपनी तरकीबों (आइडियाज़्) और सलाहों से भी इंसान को मोह हो जाता है। इस मोह में इंसान अपनी दी हुई सलाह व तरकीब को ही सही सिद्ध करना चाहता है। यदि कोई उस सलाह को नहीं मानता तो वह बड़ा क्रोधित हो उठता है और यदि कोई उसकी तरकीब को अपनी तरकीब कहकर बताता है तब वह मरने-मारने को तैयार हो जाता है। इसलिए 'मेरी विचारधारा', 'मेरी राय', 'मेरी आइडिया' इत्यादि शब्द कहते वक्त सावधान रहें।

२) कारों (वस्तुओं) से मोह कैसे टूटे?

विचारों के मोह के बाद कारों के मोह से मुक्ति प्राप्त करें। कारों से मोह यानी वस्तुओं के प्रति मोह। जैसे मेरी घड़ी यदि टूट गई... मेरा मोबाईल यदि खो गया... तो जितना दुःख होता है, उतना किसी और का मोबाईल खोने पर नहीं

होता। उसी तरह 'मेरे गहने', 'मेरी ड्रेस', 'मेरा धन' इत्यादि विचार वस्तुओं के प्रति मोह दर्शाता है। वस्तुओं के साथ 'मेरा' शब्द जुड़ते ही मोह का जन्म होता है। इस मोह से मुक्त होने के लिए इसे प्रकाश में लाएँ और इस पुस्तक का भाग ४- 'जो चल रहा है, सब ठीक है'- फिर से पढ़ें।

३) सहारों से मोह कैसे टूटे?

सहारों से मोह यानी अपने रिश्तेदारों से मोह होना। रिश्तेदारों के प्रति प्रेम कब मोह में परिवर्तित हो जाता है, यह इंसान को पता तक नहीं चलता इसलिए अपने सगे-संबंधियों के गुजर जाने पर इंसान अज्ञान व मोह के कारण जीवनभर दुःखी रहता है। यदि मरनेवाले रिश्तेदार से प्रेम होता न कि मोह और मृत्यु उपरांत जीवन का ज्ञान होता तो इंसान कभी दुःखी नहीं होता। हर दुःख की जड़ में मोह और अज्ञान छिपे बैठे हैं।

जब आप अपने चारों तरफ जी रहे लोगों पर निर्भर रहते हैं तब धीरे-धीरे उनके गुलाम बनने लगते हैं। हर काम के लिए जब आपको किसी के सहारे की आवश्यकता पड़ती है तब आप सुस्त व कामचोर बन जाते हैं और इसका फायदा दूसरे लोग उठाते हैं। वे आपसे मनचाहा काम करवाते हैं और आप तुरंत मोहताज बन जाते हैं। मोहताज न बनें, सहारों के प्रति मोह त्याग करें। इसका अर्थ यह नहीं कि आप दूसरों से सहायता न लें बल्कि इसका अर्थ यह है कि आप स्वावलंबी (आत्मनिर्भर) बनने के मार्ग पर चलें। जरूरत पड़ने पर सहायता लें और सहायता दें। यदि आप आज़ाद बनकर जीना चाहते हैं... दूसरों को आनंद देकर आनंदित रहना चाहते हैं... दुःख को सदा फेल करके, आनंद को पास रखना चाहते हैं... तो आपको इस मोह से जल्द से जल्द मुक्त होना होगा।

४) मीनारों (शरीर) से मोह कैसे टूटे?

मीनारों से मोह यानी अपने तथा दूसरों के शरीर से मोह हो जाना। जैसे आप दूसरे के शरीर से मोह करते हैं, वैसे ही अपने शरीर से भी मोह रखते हैं। इंसान का शरीर चार मीनारों से बना है। ये चार मीनार यानी चार दीवारें हैं। इन चार मीनारों

यानी चार दीवारों के बीच जो है, वह आप हैं। आप शरीर नहीं लेकिन शरीर में हैं। जब अज्ञानवश आप यह मान बैठते हैं कि 'मैं यानी मेरा शरीर' तब अपने ही शरीर से सबसे बड़ा मोह हो जाता है। शरीर को मैं मानना सबसे बड़ा अज्ञान है।

आप अपने शरीर का इस्तेमाल करते हैं लेकिन आप शरीर नहीं हैं, यह बात सदा ध्यान में रखें। शरीर में जब भी कोई पीड़ा उठे, शरीर के प्रति जब भी मोह जगे तब यह मंत्र दोहराएँ : 'मैं शरीर में हूँ पर शरीर नहीं।' यह मंत्र आपकी सहनशक्ति बढ़ाएगा। इसके अलावा यह मंत्र आपका शरीर के प्रति चिपकाव घटाएगा और आनंद को ऊपर उठाएगा। मंत्र भूल जाने पर मोह फिर से जगेगा लेकिन आपको फिर से सजग होकर यह मंत्र दोहराना है। जब भी याद आए दोहराते रहना है। इस तरह निरंतर प्रयास से शरीर के मोह से भी आप मुक्ति पा सकेंगे।

बचपन से बड़े होने तक की यात्रा में वस्तुओं (बेजान) और शरीरों (जानदार) से मोह कैसे बनता है और टूटता है, इस पर विचार करें।

छोटा बच्चा होने पर : बच्चा जब छोटा होता है तब उसका रिश्ता हर चीज से, 'मैं और वस्तु - मैं और वस्तु' का होता है यानी वह हर एक को बेजान समझता है। वह एक वस्तु को उठाकर दूसरी वस्तु पर फेंकता है। शीशा टूटे या दिल टूटे उसे कोई फर्क नहीं पड़ता। बचपन और अज्ञान की वजह से उसके लिए तोड़-फोड़ करना साधारण बात होती है।

थोड़ा बड़ा होने पर : बच्चा जब थोड़ा बड़ा होता है तब उसका रिश्ता हर चीज से, 'मैं और वस्तु - मैं और तुम' का होता है यानी वह अपने माँ-बाप, भाई-बहन को वस्तु (निर्जीव) समझता है और वस्तुओं को जानदार (सजीव) समझता है। वह अपनी चीजों (पेन, घड़ी, कंप्यूटर, गाड़ी, नेल पॉलिश, ड्रेस, शैम्पू इत्यादि) को प्यार करने लगता है और जिद करके लोगों का वस्तुओं की तरह इस्तेमाल करता है। वह उनकी भावनाओं का कोई खयाल नहीं रखता।

थोड़ा समझदार होने पर : बच्चा जब थोड़ा समझदार होता है तब उसका

रिश्ता हर चीज से, 'मैं और तुम - मैं और वस्तु' का होने लगता है यानी वह रिश्तों और इंसानों को वस्तुओं से ज्यादा महत्त्व देने लगता है। वह लोगों की भावनाओं को समझने लगता है। उसके अंदर दूसरों के प्रति प्रेम जगता है।

काफी समझदार होने पर : बड़ा होकर जब वह काफी समझदार होता है तब उसका रिश्ता हर चीज से, 'मैं और तुम - मैं और तुम' का होता है यानी वह इंसानों को तो आदर देता ही है, साथ-ही-साथ बेजान चीजों को भी आदर देने लगता है। 'वस्तुओं में भी वही तरंग है, जो इंसानों के अंदर है', यह मानकर वह चीजों को फेंकना बंद करता है, उन्हें सलीके से रखने लगता है। उसके अंदर हर एक के प्रति तेजप्रेम जगने लगता है।

भरपूर समझदार होने पर : ज्ञान प्राप्त करके जब वह भरपूर समझदार होता है तब उसका रिश्ता हर चीज से, 'वस्तु और वस्तु - वस्तु और वस्तु' का होने लगता है यानी वह यह जान जाता है कि आज तक वह अपने शरीर को ही मैं मान रहा था और सामनेवाले शरीर को तुम मान रहा था। असल में 'मैं और तुम' शरीर नहीं थे लेकिन शरीर मानकर ही व्यवहार होता रहा। इसका अर्थ यह हुआ कि वस्तुएँ, वस्तुओं से व्यवहार करती रहीं। इस अवस्था में पहुँचकर वह आखिरी अवस्था को समझने लगता है।

संपूर्ण समझदार होने पर : तेजज्ञान प्राप्त करके जब वह संपूर्ण समझदार होता है तब उसका रिश्ता हर चीज से, 'तुम और तुम - तुम और तुम' का होता है यानी वह हर चीज में ईश्वर का साक्षात्कार करता है। इस अवस्था में 'मैं' नहीं रहता इसलिए मोह का पूर्ण विनाश होता है।

इस तरह मनन-चिंतन कर मोह से पूर्ण मुक्ति पाने के लिए चारों (विचारों, कारों, सहारों, मीनारों) से मुक्त होना आवश्यक है।

अध्याय ७

घटनाओं को कैसे देखें

नया दूरदर्शन

जीवन में जब कोई ऐसी बात हो जिससे दुःख पास हो और आनंद दूर हो तब नया दूरदर्शन (टी.वी.) इस्तेमाल करें। दूरदर्शन दूर की चीजों को पास लाकर दिखाता है लेकिन नया दूरदर्शन पास की चीजों को दूर ले जाकर दिखाएगा। इसे एक उदाहरण से समझें।

कोई आपको गाली देकर जाए, आप फेल हुए हैं, कोई चोरी हुई हो या कोई वस्तु खो गई हो तब आप दुःखी, नाराज या परेशान हो जाते हैं।

ऐसे वक्त में यदि आप आज की इस घटना को एक साल बाद आगे जाकर कैसे देखते होंगे, वह अभी देखें तो आपको कैसा लगेगा? एक साल बाद आप इस घटना को याद करके क्या इतने ही दुःखी होंगे जितने इस वक्त हो रहे हैं? यदि एक साल बाद यह घटना आपको बिलकुल विचलित नहीं करेगी तो क्या इस वक्त आप उसे ऐसे नहीं देख सकते?

इस तरह नए दूरदर्शन की सहायता से खुद से सवाल

पूछकर आप जीवन में आनेवाली अधिकांश समस्याओं को आसानी से स्वीकार कर पाएँगे तथा घटना से होनेवाले मोह से भी मुक्त हो पाएँगे।

जब भी आपके जीवन में कोई नकारात्मक घटना हो तब अपने आपसे ये सवाल जरूर करें, 'एक साल के बाद मैं इस घटना को कैसे देख रहा होऊँगा? या एक साल के बाद यह घटना मुझ पर कितना असर कर रही होगी? जिस तरह एक साल के बाद मैं इस घटना को देखूँगा, क्या उस तरह इस घटना को मैं अभी देख सकता हूँ?'

कई बार इस नए दूरदर्शन से आप कहेंगे कि 'अच्छा हुआ मेरे जीवन में कुछ घटनाएँ हुईं क्योंकि उन घटनाओं के कारण ही मेरे द्वारा कुछ नया निर्माण हुआ, जीवन में कुछ नई संभावनाएँ खुलीं।' इस बात को समझने के लिए आप अपने जीवन की एक साल पुरानी घटनाओं को देखें। हर घटना से मोह तोड़ने के लिए एक साल अच्छी अवधि (सही समय) है।

उदाहरणतः एक इंसान, एक साल पहले अपनी नौकरी से निकाले जाने पर बहुत दुःखी था। फिर उसने अपना व्यापार शुरू किया। आज एक साल बाद वह अपने व्यापार में बड़ा खुश है। अब वह यह सोच रहा है कि 'कितना अच्छा हुआ, जो मुझे नौकरी से निकाला गया। यदि वैसा नहीं हुआ होता तो आज मैं व्यापार में इतना सफल नहीं हुआ होता।'

ऐसे अनगिनत उदाहरण आप अपने जीवन से और अपने आस-पास के लोगों से जान सकते हैं, जिससे यह सच्चाई आपके सामने आएगी कि कोई भी घटना हमें दुःख या सुख देने के लिए नहीं आती। घटना आती है हमें जगाने के लिए, आगे ले जाने के लिए। इसलिए हर घटना से मोह तोड़ें और अपनी समझ को जाग्रत करें। सही समझ पाकर ही मोह से मुक्ति मिलेगी।

मोह के अंधे न बनें, ईश्वर के बंदे बनें

कुछ लोग आँखों से देख नहीं सकते, जिन्हें आप अंधे कहते हैं। ऐसे लोगों को देखकर आपको जरूर करुणा आती होगी लेकिन मोह के अंधे को देखकर

आपको रत्तीभर भी दया नहीं आएगी। एक बार आप मोह के दुष्परिणाम जान जाएँगे तो मोह, माया और अज्ञान के अंधों को देखकर उनके लिए कुछ करेंगे। आप उनसे यही कहेंगे कि मोह, माया और अज्ञान के अंधे न बनें, ईश्वर के बंदे बनें। इसे एक कहानी से समझें।

मोह में लिप्त एक अंधी माँ ने अपनी बेटी को कभी भी घर से बाहर नहीं निकाला। डर और मोह के कारण उसे कमजोर बना दिया। घर में घुट-घुटकर मरने से बचने के लिए वह लड़की अपने एक अंधे अतेज रिश्तेदार के पास भाग गई। लेकिन माया में डूबे हुए अंधे अतेज रिश्तेदार ने चंद पैसों के लिए उसे अंधे सौदागरों को बेच दिया। उस लड़की ने वहाँ से भी भागने की कोशिश की लेकिन वह पकड़ी गई। लड़की फिर से भागने न पाए इसलिए अज्ञान में अंधे सौदागरों ने उसकी बोली लगाई। एक ईश्वर के बंदे ने उसे खरीदा, उसकी कीमत चुकाई और लड़की के पास एक चिट्ठी पहुँचाई, जिसमें लिखा था, 'अब तुम आज़ाद हो, जहाँ चाहो जा सकती हो।' लड़की ने चिट्ठी देनेवाले से, उस ईश्वर के बंदे का पता पूछा। कारण पूछने पर उसने कहा कि 'मैं उस ईश्वर के बंदे की सेवा में रहना चाहती हूँ।'

जो लड़की हर जगह से भागना चाहती थी, वह जीवनभर सेवा करने के लिए तैयार हो गई। लेकिन मोह, माया और अज्ञान की वजह से नहीं बल्कि प्रेम की वजह से। कहानी का सार यही समझ देता है कि आप लोगों को जीत सकते हैं लेकिन इसके लिए आपको मोह, माया, अज्ञान, धन या लाठी की नहीं बल्कि प्रेम और करुणा की जरूरत होगी। ईश्वर के बंदे हर इंसान में ईश्वर को ही देखते हैं इसलिए बिना शर्त प्रेम देना उनके लिए सहज होता है। वे खुद मोह से आज़ाद होते हैं और मोह में अंधे लोगों को मोह से मुक्ति दिलाने का कार्य करते हैं। अपने आपसे पूछें कि आप लोगों को मोहताज बनाकर, खुद मोहताज बनना चाहते हैं या लोगों को मोह से आज़ाद करके, आज़ाद जीवन जीना चाहते हैं? यदि ज्ञान प्राप्त हुआ है तो आप आज़ादी का ही चुनाव करेंगे और हर मोह से मुक्त होना चाहेंगे।

मोह मोती नहीं, मिट्टी है इसलिए समझ के साथ मोह का त्याग करें,

मोहताज बनकर न जीएँ। यह त्याग कठिन नहीं, आसान है। संपूर्ण लक्ष्य व संपूर्ण ज्ञान से बड़ी सहजता से मोह का त्याग होगा। वैसे ही जैसे एक साँस लेने के बाद साँस को छोड़ने का त्याग बड़ी आसानी से होता है। कोई इंसान साँस छोड़ने में आनाकानी नहीं करता। हर इंसान जानता है कि एक साँस छोड़ने के बाद अगली साँस खुद-ब-खुद आएगी। उसी तरह अपने जीवन में चीजों को आने और जाने दें, उनसे चिपकाव न रखें। जीवन में आपको हर चीज अलगाव के बॉक्स में मिले, ऐसी प्रार्थना करें। मोह का ताज पहनकर न जीएँ बल्कि मोहतेज जीवन जीकर, आनंद को सदा अपने पास रखें और नया दूरदर्शन इस्तेमाल करें।

अध्याय ८

हृदय और विवेक का प्रयोग

ईश्वर के काम करने का तरीका

हृदय और विवेक का समांतर व उचित प्रयोग करने से मोह से छुटकारा होता है। विवेक - समझ, बुद्धि और सोच का प्रतीक है, हृदय - प्रेम, अनुभव और भावना का प्रतीक है। यदि संसार में रहते हुए केवल बुद्धि का उपयोग करेंगे तो आप संसार के मोहजाल में ज्यादा उलझते जाएँगे और यदि बुद्धि के साथ हृदय को जोड़ दिया जाए तो आप संसार के मोहजाल से आसानी से बाहर आ पाएँगे।

एक इंसान अपने घर की परेशानियों के कारण बड़े तनाव में था। थोड़ी सी राहत पाने के लिए वह घर से दूर समुंदर किनारे गया। वहाँ टहलते हुए उसने एक बूढ़े इंसान को शांति से मछली पकड़ते, शांत बैठे देखा। शाम को घर लौटते वक्त बूढ़े इंसान को वहीं बैठा देख उसने बूढ़े से सवाल पूछा, 'कुछ मिला?' बूढ़े ने सिर हिलाकर 'हाँ' में जवाब दिया। 'क्या मिला?' पूछने पर बूढ़े ने अपना एक हाथ सिर पर रखा और दूसरा हाथ हृदय पर रखा।

रहस्य न समझने पर उसने बूढ़े से इस क्रिया का अर्थ पूछा। बूढ़े ने जवाब दिया, 'मैं यहाँ बैठकर समुंदर,

आसमान, लहरों, मछलियों, सूरज, ब्रह्माण्ड को देख रहा था। ये सब देखकर मैंने हेड (सिर) से यह सोचा कि इन सब चीजों को ईश्वर चला रहा है तो वह मुझे भी चला रहा होगा। यदि वह मुझे भी चला रहा है तो मुझे क्या करना होगा? सबको चलाने के लिए वह अंदर से विचार, भावना (फीलिंग्स्) देता होगा (मोह नहीं)। ये भावनाएँ हृदय से महसूस होती हैं और इन्हीं भावनाओं की वजह से विश्व में सारे कार्य हो रहे हैं। मैं भी इन्हीं की वजह से अपने सारे कार्य कर पा रहा हूँ। चलने-फिरने जैसी सहज क्रियाएँ करने के लिए भी ईश्वर मुझे विचार दे रहा है। इन बातों को आज मैंने पकड़ा इसलिए मैंने सिर और हृदय पर हाथ रखा। मैंने मछली नहीं पकड़ी तो क्या हुआ, बुद्धि और हृदय को तो पकड़ा। ईश्वर ने बुद्धि दी है, ये सब बातें सोचने के लिए और हृदय दिया है, इन रहस्यों को महसूस करने के लिए।'

बूढ़े इंसान द्वारा दिए गए जवाब में छिपी गहरी समझ पाकर उस इंसान की सारी परेशानी खत्म हो गई। वह मोह से मुक्त होकर घर लौटा। इस प्रकार आप भी विवेक और हृदय का सही इस्तेमाल करके मोह से मुक्त हो सकते हैं। घर में चलते, बैठते, क्रियाएँ करते-करते यह देखें कि 'ईश्वर आपको कैसे चला रहा है! कौन सा अनुभव आपके हृदय में महसूस करवा रहा है!'

यदि इस रहस्य को आप जान जाएँगे तो आनंद सदा आपके पास होगा। जिस तरह उस बूढ़े इंसान के लिए मछली पकड़ना एक बहाना था, उसी तरह आपका जीवन भी एक बहाना (निमित्त) है, सत्य को जानने के लिए। सत्य जानना मूल उद्देश्य है। विवेक और हृदय का समांतर, समतल व उचित उपयोग करके मोह से हमेशा के लिए मुक्त हो जाएँ।

अध्याय ९

मोह, मोहन और गुरु

ज्ञान और दृढ़ विश्वास

जीवन में गुरु मिलना एक सबसे महत्वपूर्ण घटना है। आप इस वक्त कल्पना भी नहीं कर सकते कि मोह से मोक्ष तक ले जाने के लिए गुरु कैसे द्वार बन सकते हैं। यदि आप राहत गुरु की तलाश में हैं तो आप मोह से मुक्त नहीं, मोह में लिप्त होंगे। लोग राहत गुरु के पास अपनी समस्याएँ लेकर जाते हैं, न कि अपने मन की शुद्धि व सफाई करवाने। राहत गुरु भी उन्हें कोई कर्मकाण्ड, तावीज़, शब्द, शुभ मुहूर्त, भभूत, माला, प्रसाद इत्यादि दे देते हैं।

आप सच्चे गुरु की तलाश में हैं तो ही मोह से छुटकारा पा सकते हैं। यदि इस बात ने आपके हृदय को छू लिया है तो तुरंत इस पर मनन व अमल शुरू करें। ईश्वर के रूप में आप जिसकी भी पूजा-अर्चना करते हैं, उसके सामने सच्चा गुरु प्राप्त करने के लिए प्रार्थना करें। आपकी प्रार्थना में यदि प्यास है तो गुरु आपको स्वयं आकर ढूँढ़ लेंगे। आपका ईश्वर मोहन है और मोहन का अर्थ है - **'मोह न'** यानी मोह नहीं। मोहन ही मोह को मिटा सकते हैं। मोह को मिटाने के लिए ईश्वर, गुरु द्वारा संपर्क करता है। गुरु मिलने के बाद आप अपने जीवन में गुरु को काम

करने दें। जैसे आपने अपने माता-पिता, भाई-बहन, पति-पत्नी, मित्र को अपने जीवन में काम करने दिया है, वैसे ही अब बारी है गुरु की। गुरु के साथ असली (दिव्य) रिश्ता बनाएँ और इसका लाभ उठाएँ। गुरु मिल जाने पर सदा उनकी आज्ञा में रहें।

गुरु आपको विश्वास की शक्ति से परिचित करवाते हैं, आपके अंदर आत्मविश्वास भर देते हैं। गुरु, ज्ञान द्वारा आपके अंदर यह दृढ़ विश्वास स्थापित करते हैं कि 'जो समुंदर के अंदर अपनी संतान का खयाल रखता है और उन्हें जीवित रखता है, वह आपका भी खयाल रखेगा, उस ईश्वर पर विश्वास रखें।' अज्ञान में मोहताज न बनें, मोह केवल मोहन से करें। मोहन के प्रति मोह, मोह को काटता है। जैसे जहर, जहर को मारता है और लोहा, लोहे को काटता है। ईश्वर के रहते आप क्यों मोह माया में उलझते हैं? गंगा किनारे बैठकर क्यों कुआँ खोदते हैं? जीवन में मिले हर मौके को पहचानें। प्रेम व भक्ति से सब कुछ मिल सकता है, मोह से नहीं।

अध्याय १०

मोह में हर दृश्य साँप है

मौन में हर दृश्य सीढ़ी है

मोह में पड़ने से पहले क्या करें? चूँकि मोह में इंसान सब कुछ भूला देता है, अपना विवेक खो देता है इसलिए इंसान यदि मोह में पड़ने से पहले मौन में जाना सीख ले तो वह कभी भी गलत कदम नहीं उठाएगा।

जैसे किसी इंसान के मन में किसी के प्रति नफरत या किसी वस्तु को बचाने का मोह जगे या दूसरे इंसान को नुकसान पहुँचाने का विचार आए तो इस अवस्था में उसे मौन ध्यान व मनन उपासना करनी चाहिए। फिर पूरी-पूरी संभावना होगी कि वह इंसान ऐसे नकारात्मक विचारों को आसानी से त्याग देगा। इसलिए हर निर्णय लेने से पहले मौन में जाना सीखें। मौन हृदय परिवर्तन की बेहतरीन दवा है। ऐसी अवस्था से जब आप निर्णय लेते हैं तो वे निर्णय सबके हित में होंगे। इसे दूसरे शब्दों में इस तरह कहा जाएगा, 'मोह में हर दृश्य साँप है तो मौन में हर दृश्य सीढ़ी है।'

सिर्फ एक ही निर्णय मौन में न लें, वह है सुबह नींद से जल्दी उठने का निर्णय। यदि उस वक्त 'मैं जल्दी उठूँ कि

नहीं?' यह निर्णय लेने के लिए आप मौन में जाएँगे तो संभावना है कि आप फिर से सो जाएँगे, आपको नींद आ जाएगी। मौन में ऐसा निर्णय लें, जिसमें सबका मंगल हो, किसी का नुकसान न हो।

अध्याय ११

मोह मुक्ति मंत्र

Be happy no matter what

यदि आपके जीवन में दुःख है तो उसका कारण कौन है- पड़ोसी, पैसा, नक्षत्र, भाग्य, पिछले जन्म के कर्म, रिश्तेदार या खुद आप? इस सवाल पर मनन करें।

दुःख का सही कारण जानने के बाद आपके जीवन में आनंद उसी तरह रहेगा, जैसे आपका नाम, आपके साथ सदा रहता है। हालाँकि देखा जाए तो हर इंसान अपने जीवन में दुःख को खुद आमंत्रण देता है। इस बात को नीचे दी गई कल्पना (उपमा) पर मनन करके समझें।

आप स्कूल में पाँचवीं कक्षा में पढ़ रहे हैं और आपके क्लास में एक शैतान विद्यार्थी भी पढ़ता है। वह पढ़ाई में कमजोर है और आप होशियार हैं। इसलिए वह सदा आपको परेशान करता रहता है और कोई सबूत भी नहीं छोड़ता, जिससे आप उसकी शिकायत नहीं कर सकते। लेकिन आप जानते हैं कि आपके साथ जो हो रहा है, वह वही विद्यार्थी कर रहा है। अब आप यह सोचकर शांत बैठते हैं कि पढ़ाई न करने के कारण वह विद्यार्थी परीक्षा में फेल हो जाएगा इसलिए अगले साल वह आपके साथ नहीं

होगा। लेकिन अगले साल जब आप दूसरी कक्षा में जाते हैं तब उस विद्यार्थी को भी उसी कक्षा में देखकर हैरान हो जाते हैं। उस समय आपको समझ में नहीं आता कि यह कैसे हुआ?

आप चाहते हैं कि दुःख फेल हो मगर फिर भी वह कैसे पास होता है? कारण ढूँढ़ने पर रहस्य पता चला। जब परीक्षा चल रही थी, तब वह आपके पीछे बैठा था। बेहोशी में आपने ही उसे सब कुछ कॉपी करने दिया, उसे अपना पूरा पेपर दिखाया। आनंद जो आपके पास बैठा था, उससे अपना पेपर छिपाया। नतीजा यह निकला कि आनंद फेल हुआ और दुःख पास हुआ। हर परीक्षा में यदि यही गलती होती रही और आप दुःख का कारण कभी ढूँढ़ नहीं पाए तो दुःख सदा आपके पीछे रहेगा, जैसे परछाई सदा इंसान के पीछे रहती है।

ऊपर दी गई उपमा (ऐनालॉजी) में शैतान विद्यार्थी यानी दुःख, जो हर कक्षा में आपके साथ रहकर, सदा आपको परेशान करता रहता है। आप उससे मुक्त होने की प्रार्थना करते हैं लेकिन बेहोशी में ठीक उलटा व्यवहार करते हैं। आप स्वयं दुःख को आमंत्रण देते हैं और प्रार्थना करते हैं कि वह न आए।

आज से ही अपनी बेहोशी तोड़ें। आपके पीछे जो बैठा हुआ है, उसे अपना पेपर न दिखाएँ यानी दुःख के प्रति सजग हो जाएँ। आपकी इजाज़त के बिना दुःख, नकल नहीं कर सकता। जब तक आप नहीं चाहते तब तक कोई आपको दुःखी नहीं कर सकता। किसी घटना को होने से आप नहीं रोक सकते लेकिन उस घटना में आप क्या महसूस करें, यह चुनाव आप कर सकते हैं। दुःख का चुनाव न करें। सही चुनाव करने से आपको कोई नहीं रोक सकता। मंदिर के बाहर आपकी चप्पल चोरी होना, आप नहीं रोक सकते लेकिन चोरी होने के बाद किसी दूसरे की चप्पल न पहनने और सकारात्मक विचार रखने से आपको कोई चोर रोक नहीं सकता इसलिए चाहे जैसी भी घटना हो, उसमें खुश रहने का चुनाव करें। (Be happy no matter what.)

जीवन की हर घटना में यह मंत्र दोहराएँ :

'आनंद पास हो, दुःख फेल हो'

जब भी दुःख आप पर हावी होने लगे तब अपने आपको बताएँ कि 'दुःख पास हो रहा है, मैं हर हाल में इसे पास नहीं होने दूँगा, देखता हूँ कैसे पास होता है।' जब आप किसी चीज के मोहताज होते हैं तब दरअसल उलटा मंत्र पढ़ रहे होते हैं, 'दुःख पास है, आनंद फेल है।'

मंत्रों का सही उपयोग करना आवश्यक है। 'राम' को उलटा किया तो 'मरा' मंत्र बनता है इसलिए सही और उच्चतम चुनाव करें। अगली बार जब तनाव आए, गुस्सा आए या मोह के कारण दुःख हो तब सीधा मंत्र दोहराएँ - 'आनंद पास हो, दुःख फेल हो।' यह मंत्र दोहराकर पूरी कोशिश करें कि जीवन में दुःख कभी पास न हो। अपनी भावना को तुरंत बदलें, अपने आपको याद दिलाएँ कि 'इस घटना को मैं नहीं बदल सकता लेकिन इसमें जो मुझे महसूस करना है, वह मैं चुन सकता हूँ।'

हर दिन, हर पल आपके चारों तरफ घटनाएँ हो रही हैं। उन घटनाओं में या उन घटनाओं के बाद आपको अच्छा महसूस (अनुभव) होता है या तो बुरा महसूस होता है ? उस घटना में आनंद पास होता है या तो फेल होता है ? हर इंसान अपने अंदर अच्छी भावना को महसूस करना चाहता है। अब प्रश्न यह उठता है कि हर दिन, हर घटना में आप कैसे अच्छा महसूस करें? तो आइए, इस पर कुछ काम करें, जिससे आपकी दुनिया खूबसूरत बन जाएगी और आपका जीवन को देखने का दृष्टिकोण बदल जाएगा।

अपने आपसे सवाल पूछें कि 'कोई भी घटना हो जाने के बाद आपको अच्छा या बुरा महसूस होता है तो वह निश्चित कहाँ महसूस होता है? आपके शरीर के अंदर या आपके पड़ोसी के शरीर के अंदर?' यदि वह महसूस होना आपके पड़ोसी के शरीर के अंदर है तो आप कुछ नहीं कर सकते। लेकिन यदि बुरा महसूस होना आपके शरीर के अंदर चल रहा है तो खुद से पूछें कि 'इसका जिम्मेदार कौन है? यदि इस भावना को बदलना है तो इसे कौन आकर बदलेगा? भारत का प्रधानमंत्री या मैं खुद?'

उपरोक्त सवाल अपने आपसे पूछने पर आपको इस बात का ज्ञान होगा

कि -

१) हर भावना हम अपने शरीर के अंदर महसूस करते हैं।

२) उस अनुभव (भावना) को महसूस करने के जिम्मेदार हम खुद हैं, न कि यह दुनिया या हमारा पड़ोसी।

३) यदि बुरे भाव या अनुभव को बदलना है तो यह काम हमें ही करना होगा। कोई दूसरा हमारी भावनाओं को नहीं बदल सकता।

यदि आपको उपरोक्त बातों का ज्ञान हो चुका है तो अपने आपसे पूछें कि 'अब दुःखद घटनाओं में मैं कैसा महसूस करूँगा? क्या वही महसूस करूँगा जो मैं करना चाहता हूँ या कुछ और महसूस करूँगा?'

यदि जवाब आए कि 'मैं बुरा महसूस करूँगा।' तो फिर खुद से पूछें कि 'क्या मैं इस भावना को बदलने के लिए तैयार हूँ?'

यदि जवाब आए 'हाँ' तो फिर खुद से अगला सवाल पूछें कि 'इस भावना को मैं कब और कहाँ बदलूँगा?' जवाब आएगा, 'अभी और यहीं (Here & Now)।'

अनुभव (भावना) को बदलने में समय नहीं लगता। आप चाहें तो बुरे अनुभवों को तुरंत बदल सकते हैं, जिससे आपकी दुनिया का ढाँचा ही बदल जाएगा। यदि आप अपने दुःख की भावना का कारण किसी और को समझ बैठे हैं तो यकीन जानें कि आप कभी भी खुश नहीं हो सकते, कारण हर इंसान का दृष्टिकोण और विचारों का ढाँचा अलग होता है।

इसलिए आज के बाद हर वक्त, हर घटना में सचेत होकर अपने आपसे उपरोक्त सवाल पूछें। इन सवालों के जवाब मिलने पर आप देखेंगे कि आप आनंदित महसूस कर रहे हैं और उसके जिम्मेदार भी आप खुद होंगे। एक सवाल, एक मंत्र आपको सदा खुश रख सकता है।

आनंद पास है, दुःख फेल है।
आनंद तीर्थस्थान है, दुःख जेल है ।
आनंद ज्ञान का तेल है, दुःख मान्यताओं का खेल है।

अध्याय १२

सफलता का छोटा रहस्य

थोड़ा मगर आज

इस खण्ड में मोह से आज़ादी प्राप्त करने का मार्ग बताया गया है। यह मार्ग अपनाकर आप किसी के मोहताज नहीं रहेंगे क्योंकि मोह को 'मोह' से मारने की कला इसमें दी गई है। इसके अलावा कई उपाय, सवाल व मंत्र दिए गए हैं, जिनका आपको रोजमर्रा के जीवन में उपयोग करना है। इतनी सारी बातें एक साथ देखकर मन बहाने बना सकता है इसलिए अपने मन को सफलता का यह छोटा रहस्य बताना है कि 'थोड़ा मगर आज' शुरू करें। इसका अर्थ

- आज ही इस खण्ड में दिए गए तंत्र का उपयोग करें, चाहे थोड़ा सा ही क्यों न हो।

- आज ही अपने कुछ विचारों को देखना शुरू करें।

- आज ही अपने नकारात्मक विचारों को बच्चे की तरह खेलकर आने के लिए कहें।

- आज ही पुस्तक में दी गई प्रार्थना करें।

- थोड़ा करें लेकिन आज करें।

इस तरह हर दिन आनंद को पास रखने का थोड़ा प्रयत्न करें और दुःख को पास होने से रोकें। यदि आप निरंतरता व धीरज से इस रहस्य का उपयोग करेंगे तो एक दिन ऐसा आएगा, जब आप संसार रूपी इस गुरुकुल में अपना कुल-मूल उद्देश्य प्राप्त कर पाएँगे।

इस पुस्तक में मोह से मुक्ति पाने के लिए जो बातें आपको समझ में आईं और अच्छी लगीं उन पर मनन व अमल करें। जो बातें अच्छी या तर्क संगत नहीं लगीं, उन्हें बुरा न कहें बल्कि थोड़े समय के लिए उन्हें अपने मस्तिष्क में पार्क करके रखें। जैसे आप अपनी गाड़ी जब इस्तेमाल में नहीं होती तब पार्किंग में पार्क करके रखते हैं, वैसे ही उन बातों को पार्क (बाजू) करके रखें। एक समय ऐसा आएगा जब आपको वे बातें भी पसंद आएँगी और आप अपने जीवन में उन बातों का भी इस्तेमाल कर पाएँगे।

यह पुस्तक पढ़ने के बाद आप अपने अभिप्राय (विचार सेवा)
इस पते पर भेज सकते हैं :

Tejgyan Global Foundation,
Pimpri Colony Post office, P.O. Box 25,
Pune - 411 017. Maharashtra (India).

सरश्री

अल्प परिचय

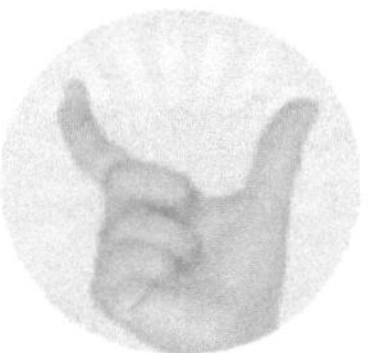

स्वीकार मंत्र मुद्रा

सरश्री की आध्यात्मिक खोज का सफर उनके बचपन से प्रारंभ हो गया था। इस खोज के दौरान उन्होंने अनेक प्रकार की पुस्तकों का अध्ययन किया। इसके साथ ही अपने आध्यात्मिक अनुसंधान के दौरान अनेक ध्यान पद्धतियों का अभ्यास किया। उनकी इसी खोज ने उन्हें कई वैचारिक और शैक्षणिक संस्थानों की ओर बढ़ाया। इसके बावजूद भी वे अंतिम सत्य से दूर रहे।

उन्होंने अपने तत्कालीन अध्यापन कार्य को भी विराम लगाया ताकि वे अपना अधिक से अधिक समय सत्य की खोज में लगा सकें। जीवन का रहस्य समझने के लिए उन्होंने एक लंबी अवधि तक मनन करते हुए अपनी खोज जारी रखी। जिसके अंत में उन्हें आत्मबोध प्राप्त हुआ। आत्मसाक्षात्कार के बाद उन्होंने जाना कि अध्यात्म का हर मार्ग जिस कड़ी से जुड़ा है वह है – समझ (अण्डरस्टैण्डिंग)।

सरश्री कहते हैं कि 'सत्य के सभी मार्गों की शुरुआत अलग-अलग प्रकार से होती है लेकिन सभी के अंत में एक ही समझ प्राप्त होती है। 'समझ' ही सब कुछ है और यह 'समझ' अपने आपमें पूर्ण है। आध्यात्मिक ज्ञान प्राप्ति के लिए इस 'समझ' का श्रवण ही पर्याप्त है।'

सरश्री ने दो हजार से अधिक प्रवचन दिए हैं और अस्सी से अधिक पुस्तकों की रचना की है। ये पुस्तकें दस से अधिक भाषाओं में अनुवादित की जा चुकी हैं और प्रमुख प्रकाशकों द्वारा प्रकाशित की गई हैं, जैसे पेंगुइन बुक्स, हे हाऊस पब्लिशर्स, जैको बुक्स, हिंद पॉकेट बुक्स, मंजुल पब्लिशिंग हाऊस, प्रभात प्रकाशन, राजपाल ॲण्ड सन्स इत्यादि

तेजज्ञान फाउण्डेशन – परिचय

तेजज्ञान फाउण्डेशन आत्मविकास से आत्मसाक्षात्कार प्राप्त करने का एक रास्ता है। इसके लिए सरश्री द्वारा एक अनूठी बोध पद्धति (System for Wisdom) का सृजन हुआ है। इस पद्धति को अन्तर्राष्ट्रीय मानक ISO ९००१:२००८ के आवश्यकताओं एवं निर्देशों के अनुरूप ढालकर सरल, व्यावहारिक एवं प्रभावी बनाया गया है।

इस संस्था की बोध पद्धति के विभिन्न पहलुओं (शिक्षण, निरीक्षण व गुणवत्ता) को स्वतंत्र गुणवत्ता परीक्षकों (Quality Auditors) द्वारा क्रमबद्ध तरीके से जाँचा गया। जिसके बाद इन पहलुओं को ISO ९००१:२००८ के अनुरूप पाकर, इस बोध पद्धति को प्रमाणित किया गया है।

फाउण्डेशन का लक्ष्य आपको नकारात्मक विचार से सकारात्मक विचार की ओर बढ़ाना है। सकारात्मक विचार से शुभ विचार यानी हॅपी थॉट्स (विधायक आनंदपूर्ण विचार) और शुभ विचार से निर्विचार की ओर बढ़ा जा सकता है। निर्विचार से ही आत्मसाक्षात्कार संभव है। शुभ विचार (Happy Thoughts) यानी यह विचार कि 'मैं हर विचार से मुक्त हो जाऊँ।' शुभ इच्छा यानी यह इच्छा कि 'मैं हर इच्छा से मुक्त हो जाऊँ।'

ज्ञान का अर्थ है सामान्य ज्ञान लेकिन तेजज्ञान यानी वह ज्ञान जो ज्ञान व अज्ञान के परे है। कई लोग सामान्य ज्ञान की जानकारी को ही ज्ञान समझ लेते हैं लेकिन असली ज्ञान और जानकारी में बहुत अंतर है। आज लोग सामान्य ज्ञान के जवाबों को ज़्यादा महत्त्व देते हैं। उदाहरण के तौर पर– कर्म और भाग्य, योग और प्राणायाम, स्वर्ग और नर्क इत्यादि। आज के युग में सामान्य ज्ञान प्रदान करनेवाले लोग और शिक्षक कई मिल जाएँगे मगर इस ज्ञान को पाकर जीवन में कोई बड़ा परिवर्तन नहीं होता। यह ज्ञान या तो केवल बुद्धि विलास है या फिर अध्यात्म के नाम पर बुद्धि का व्यायाम है।

सभी समस्याओं का समाधान है तेजज्ञान। भय से मुक्ति, चिंतारहित व क्रोध से आज़ाद जीवन है तेजज्ञान। शारीरिक, मानसिक, सामाजिक, आर्थिक और आध्यात्मिक उन्नति के लिए है तेजज्ञान। तेजज्ञान आपके अंदर है, आएँ और इसे पाएँ।

यदि आप ऐसा ज्ञान चाहते हैं, जो सामान्य ज्ञान के परे हो, जो हर समस्या का समाधान हो, जो सभी मान्यताओं से आपको मुक्त करे, जो आपको ईश्वर का साक्षात्कार कराए, जो आपको सत्य पर स्थापित करे तो समय आ गया है तेजज्ञान को

जानने का। समय आ गया है शब्दोंवाले सामान्य ज्ञान से उठकर तेजज्ञान का अनुभव करने का।

अब तक अध्यात्म के अनेक मार्ग बताए गए हैं। जैसे जप, तप, मंत्र, तंत्र, कर्म, भाग्य, ध्यान, ज्ञान, योग और भक्ति आदि। इन मार्गों के अंत में जो समझ, जो बोध प्राप्त होता है, वह एक ही है। सत्य के हर खोजी को अंत में एक ही समझ मिलती है और इस समझ को सुनकर भी प्राप्त किया जा सकता है। उसी समझ को सुनना यानी तेजज्ञान प्राप्त करना है। तेजज्ञान के श्रवण से सत्य का साक्षात्कार होता है, ईश्वर का अनुभव होता है। यही तेजज्ञान सरश्री महाआसमानी शिविर में प्रदान करते हैं।

महाआसमानी शिविर

यदि आपके पास सत्य प्राप्त करने की आकांक्षा अथवा इच्छा है तो महाआसम ानी शिविर में आपका स्वागत है, जहाँ इस समझ में आपको सहभागी बनाया जाएगा। इस शिविर में भाग लेने के लिए आपको कुछ खास माँगें पूरी करनी हैं। जैसे –

१) आपको सत्य-स्थापना शिविर में भाग लेना होगा, जहाँ आप सीखेंगे – वर्तमान के हर पल को कैसे जीया जाए और निर्विचार दशा में कैसे प्रवेश पाएँ।

२) आपको कुछ प्राथमिक प्रवचनों में उपस्थित होना है, जहाँ आप उस समझ को आत्मसात करते हैं, जो आपने सत्य-स्थापना शिविर में प्राप्त की है और तब आप महाआसमानी शिविर के लिए तैयार होते हैं।

महाआसमानी शिविर में असली अध्यात्म और सीधा सत्य तीन भागों में बताया जाता है – १) हर वर्तमान पल को जीना, वर्तमान यानी न भूत का बोझ, न भविष्य की चिंता २) 'मैं कौन हूँ', यह अपने ही अनुभवों से जानना ३) स्वबोध की अवस्था में स्थापित होना। यह शिविर सरश्री की शिक्षाओं पर आधारित है।

स्वबोध यानी 'जो आप वास्तव में हैं' को जानने के लिए आए हुए सभी लक्षार्थियों के लिए यह महाआसमानी शिविर है। यह शिविर साल में तीन या चार बार आयोजित होता है, जिसका लाभ हजारों खोजी उठाते हैं।

यह शिविर चेतना की दौलत बढ़ाने के लिए तथा अंतिम सफलता पाने के लिए सत्य के हर खोजी के लिए अनिवार्य है। महाआसमानी शिविर में ईश्वरीय ज्ञान प्राप्ति (सेल्फ रियलाइजेशन) के बाद आप वह नहीं रह जाएँगे, जो आज आप हैं। आप नकली आनंद से दूर, असली आनंद के मार्ग पर चलने लगेंगे।

महाआसमानी ज्ञान पाने की तैयारी हर खोजी अपने नज़दीक के तेजस्थान पर कर सकता है। आप महाआसमानी शिविर की तैयारी फाउण्डेशन में उपलब्ध पुस्तकों, सी.डी. और कैसेट को सुनकर भी कर सकते हैं। इसके अलावा आप टी.वी. और रेडियो पर सरश्री के प्रवचनों का लाभ भी ले सकते हैं मगर याद रहे, ये पुस्तकें, कैसेट, टी.वी. व रेडियो के प्रवचन शिविर का परिचय मात्र है, तेजज्ञान नहीं। आप महाआसमानी शिविर में भाग लेकर तेजज्ञान का आनंद ले सकते हैं।

मैं कौन हूँ? मैं यहाँ क्यों हूँ? मोक्ष का अर्थ क्या है? क्या इसी जन्म में मोक्ष प्राप्ति संभव है? यदि ये सवाल आपके अंदर हैं तो यह शिविर उसका जवाब है।

महाआसमानी शिविर आपके जीवन का लक्ष्य है क्योंकि यह शिविर आपको भयमुक्त और तनावमुक्त जीवन देता है, दुःख से मुक्त और दुःखी से भी मुक्ति देता है, सभी समस्याओं का समाधान करता है, आपको नकारात्मक विचारों से निकालकर आत्मसाक्षात्कार कराता है तथा सीधा, सरल, शक्तिशाली और समृद्ध जीवन देता है।

महाआसमानी शिविर की तैयारी नीचे दिए गए स्थानों पर कराई जाती है। पुणे, मुंबई, दिल्ली, सांगली, कोपरगांव, बार्शी, सातारा, जलगांव, अहमदाबाद, कोल्हापुर, नासिक, अहमदनगर, औरंगाबाद, सूरत, बरोड़ा, बारामती, मालेगांव, नागपुर, हैदराबाद, भोपाल, रायपूर, चेन्नई।

इस महाआसमानी शिविर में भाग लेकर आप अपनी सत्य की खोज पूर्ण कर सकते हैं। इस शिविर के लिए भोजन और रहने की व्यवस्था की जाती है।

यदि आपको कोई शारीरिक बीमारी है और आप नियमित रूप से उसके लिए दवाई ले रहे हों तो कृपया अपनी दवाइयाँ साथ में लेकर आएँ। वातावरण अनुसार गरम कपड़े, स्वेटर, ब्लैंकेट आदि भी लाएँ।

महाआसमानी शिविर में भाग लेने के लिए संपर्क स्थान

पुणे सेंटर : विक्रांत कॉम्प्लेक्स,
तपोवन मंदिर के नजदीक, पिंपरी, पुणे-४११ ०१७.

आगामी महाआसमानी शिविर में अपना स्थान आरक्षित करने के लिए संपर्क करें :

०२०-६७०९७७००/ ०९९२१००८०६०/ ७५, ९०११०१३२०८

महाआसमानी शिविर स्थान

महाआसमानी महानिवासी शिविर 'मनन आश्रम' पर आयोजित किया जाता है। यह आश्रम पुणे शहर के बाहरी क्षेत्र में पहाड़ों और निसर्ग के असीम सौंदर्य के बीच बसा हुआ है। इस आश्रम में पुरुषों और महिलाओं के लिए अलग-अलग, कुल मिलाकर ६०० लोगों के रहने की व्यवस्था है। यह आश्रम पुणे शहर से १७ किलो मीटर की दूरी पर है। हवाई अड्डा, हाइवे और रेल्वे से पुणे आसानी से आ-जा सकते हैं।

मनन आश्रम,
पुणे, सर्वे नं. ४३, सनस नगर,
नांदोशी गांव, किरकट वाडी फाटा,
तहसील - हवेली,
जिला : पुणे - ४११०२४.
फोन : ०९९२१००८०६०

तेजज्ञान ग्लोबल फाउण्डेशन द्वारा प्रकाशित श्रेष्ठ पुस्तकें

विचार नियम

आपकी कामयाबी का रहस्य

द पॉवर ऑफ हॅपी थॉट्स

Pages - 200

Price - 150/-

हर इंसान जीवन में सफल होना चाहता है लेकिन बड़ा सवाल यह है कि इस दिशा में उसका प्रयास सफल कैसे हो? यहाँ पर एक महत्वपूर्ण बात समझनी है कि 'समस्या बाहर नहीं, इंसान के मस्तिष्क में जीती है इसलिए उसका समाधान भी वहीं है।' विचारों के इस आयाम को समझने के बाद जीवन महाजीवन बन जाता है।

दिव्य विचारों के विकास की इसी प्रक्रिया पर प्रकाश डालती है तेजज्ञान ग्लोबल फाउण्डेशन द्वारा प्रकाशित सरश्री की पुस्तक 'विचार नियम - द पॉवर ऑफ हॅपी थॉट्स।' यदि आपमें आस्था, आशा और इस पुस्तक का ज्ञान है तो एक चमकदार जीवन का चमत्कार वाकई संभव है।

यह पुस्तक अनेक भ्रमों को तोड़कर एक महान रहस्य उजागर करती है कि - आपके जीवन की लगाम किसी और के हाथ में नहीं बल्कि आपके विचारों के हाथ में है। आपके अपने विचार ही आपके जीवन की दिशा और दशा निर्धारित करते हैं। आपके जीवन में जो भी आ रहा है, वह विचार नियम अनुसार ही आ रहा है और आप जो पाना चाहते हैं, वह भी विचार नियम से पा सकते हैं।

दो खण्डों में विभक्त इस पुस्तक के पहले खण्ड 'विचार सूत्र' में बड़ी ही सरल और सहज भाषा में ऐसे ७ महत्वपूर्ण विचार सूत्र दिए गए हैं, जिन्हें समझकर और जीवन में उतारकर आप सकारात्मक नजरिया, लंबा-स्वस्थ जीवन, शुभचिंतक, सौहार्दपूर्ण मधुर रिश्ते, अच्छी नौकरी, कैरियर, उच्च शिक्षा, अच्छा जीवनसाथी, सुख, समृद्धि, प्रेम, आनंद, सफलता और मानव जीवन का उच्चतम लक्ष्य भी पा सकते हैं।

पुस्तक के दूसरे खण्ड 'मौन मंत्र' में सात मौन मंत्र संकलित हैं, जो आपको शरीर, बुद्धि और विचारों से भी परे के क्षेत्र 'मौन' में ले जाते हैं, जहाँ आप हर विचार से मुक्त होकर निर्विचार अवस्था (मौन) प्राप्त करते हैं। फिर आप वही बनकर जीते हैं, जो आप वास्तव में हैं (स्वबोध अवस्था)।

भय, चिंता और क्रोध से मुक्ति
स्थूल विकारों से मुक्ति

Pages - 232
Price - 160/-

विकार मन की नकारात्मक भावनाओं के वे रूप हैं, जो मनुष्य के जीवन में अँधेरा ला देते हैं। भय, चिंता, क्रोध जैसे स्थूल विकार उत्कृष्ट जीवन की राह के रोड़े हैं। ऐसे विकारों से मुक्ति पाकर मनुष्य ईश्वरीय गुणों और मार्गदर्शन को प्राप्त कर सकता है।

यह पुस्तक 'स्थूल विकारों से मुक्ति' मनुष्य को निर्विकार अर्थात विकाररहित जीवन जीने की प्रेरणा देती है और बताती है कि किस प्रकार वह निर्विकार होकर जीवन के मूलभूत लक्ष्यों को प्राप्त कर सकता है।

पुस्तक मूलत: ३ खण्डों के १५ भागों में विभक्त है। जिसके प्रत्येक भाग में अभय, आनंद और शांति वरदानों को प्राप्त करने की सोदाहरण युक्ति बताई गई है। लेखक सरश्री का विचार है कि विकार जनित विचारों से व्यक्ति के शारीरिक, मानसिक, सामाजिक और आर्थिक स्थिति पर प्रतिकूल प्रभाव पड़ता है। ऐसे में उसे मन (विचार) के प्रशिक्षण की आवश्यकता होती है, जो उसके तमाम विकारों को दूर कर देता है।

पुस्तक सरल भाषा में विकारों से मुक्ति का उपाय सुझाती है। इसके अध्यन से पाठकों पर गहरा प्रभाव पड़ता है, जिससे वे मन के स्थूल विकारों पर विजय प्राप्त कर अभय, आनंद और शांति वरदान प्राप्त कर सकते हैं।

तेजज्ञान फाउण्डेशन – संपर्क स्थान

पुणे (रजिस्टर्ड ऑफिस) : विक्रांत कॉम्प्लेक्स, तपोवन मंदिर के नजदीक, पिंपरी, पुणे-४११ ०१७. फोन : ०२०-२७४११२४०, २७४१२५७६

मनन आश्रम : सर्वे नं. ४३, सनस नगर, नांदोशी गांव, किरकट वाडी फाटा, तहसील – हवेली, जिला – पुणे – ४११ ०२४. फोन : ०९९२१००८०६०

तेजज्ञान कार्यक्रम

* सोमवार से शनिवार शाम ६.३५ से ६.५५ संस्कार चैनल पर प्रवचन
* हर रविवार शाम ८.१० से ८.३० संस्कार चैनल पर प्रवचन
* हर मंगलवार सुबह ९.१५ रेडियो विविध भारती, एफ. एम. पुणे पर प्रवचन
* शुक्रवार, शनिवार, रविवार सुबह ९.१५ पर 'तेजविकास मंत्र' रेडियो विविध भारती, एफ. एम. पुणे
* हर शनिवार सुबह ८.५५ रेडियो एम. डब्ल्यू. पुणे, तेजज्ञान इनर पीस अ‍ॅण्ड ब्यूटी कार्यक्रम

नोट : उपरोक्त कार्यक्रमों के समय बदल सकते हैं इसलिए समय पुष्टि करें।

पुस्तकों से संबंधित अधिक जानकारी के लिए संपर्क करें

०९०११०१३२१० / ०९६२३४५७८७३

Online Shopping cart available. Visit us today : www.gethappythoughts.org

तेजज्ञान इंटरनेट रेडियो

* २४ घंटे और ३६५ दिन सरश्री के प्रवचन और भजनों का लाभ लें, तेजज्ञान इंटरनेट रेडियो द्वारा।

देखें लिंक – http://www.tejgyan.org/internetradio.aspx

e-book	: 'The Source', 'Complete Meditation', 'Self Encounter', 'Inner Magic', 'Beyond Life', 'Ultimate Purpose of Life','The Five Supreme Secrets of Life' & 'Tumhe Jo Lage Accha Wahi Meri Iccha' ebooks available on Kindle
Free apps	: U R Meditation & Tejgyan Internet Radio on all platforms like Android, iPhone, iPad and Amazon
e-magazine	: 'Yogya Aarogya' & 'Drushtilakshya'(Marathi) emagazines available on www.magzter.com
e-mail	: mail@tejgyan.com
website	: www.tejgyan.org, www.happythoughts.in

पुस्तकें प्राप्त करने के लिए नीचे दिए गए पते पर मनीऑर्डर द्वारा पुस्तक का मूल्य भेज सकते हैं। पुस्तकें रजिस्टर्ड, कुरियर अथवा वी.पी.पी. द्वारा भेजी जाती हैं। इसके लिए नीचे दिए गए पते पर संपर्क करें।

तेजज्ञान ग्लोबल फाउण्डेशन, पिंपरी कॉलनी, पोस्ट ऑफिस बॉक्स २५, पिंपरी-पुणे – ४११०१७ (महाराष्ट्र) मो.: ०९०११०१३२१०.

आप ऑन-लाइन शॉपिंग द्वारा भी पुस्तकों का ऑर्डर दे सकते हैं। लॉग इन करें – www.gethappythoughts.org पुस्तकें मँगवाने पर डाक-व्यय की छूट है और ४ से अधिक पुस्तकें मँगवाने पर डाक-व्यय के साथ १०% की भी छूट है।

विश्व शांति के लिए लाखों लोग प्रतिदिन सुबह और रात ९:०९ मिनट पर प्रार्थना करते हैं। कृपया आप भी इसमें शामिल हो जाएँ।

www.ingramcontent.com/pod-product-compliance
Lightning Source LLC
LaVergne TN
LVHW101955220826
846093LV00006B/229

* 9 7 8 8 1 8 4 1 5 4 6 7 2 *